鬥嘴一班學習系列

鬥嘴一班

辨錯別字

卓瑩、宋詒瑞　著

新雅文化事業有限公司
www.sunya.com.hk

U0106306

目錄

珠珠

鬥嘴一班

辨錯別字

宋詒瑞

今天中文科徐老師走過布告欄，見到胡直在貼一張招收暑期籃球訓練班的通知，一看之下馬上叫停。胡直問為什麼？老師說：「你看看，這張通知上有八個錯別字，拿回去改正了再張貼吧。」

請看胡直的這張通知，你能找到這八個錯別字嗎？

這個暑假，本校藍球隊將舉辦一個陪訓班，由麥老師指道，同學們經過克苦訓練后有可能選進學校藍球隊。歡迎大家報名參加。有意者必需親自到麥老師辦工室報名，名額二十位，先到先得。

同學們，胡直用錯的這些字，可能也是你平常會犯的錯吧？短短的八十多個字的通知中竟有十分之一的字寫錯了，這件事引起了徐老師的警覺。於是她請了從事語文教學的宋老師與卓瑩姐姐再度合作，為同學撰寫一本如何分辨錯別字的圖書，把同學們日常容易用錯的四十組音、形、義相似的字一一為大家詳細解釋清楚，說明常被用錯的原因，並設計了各種有趣的練習給同學們試做，學習如何分辨錯別字。

宋老師說，我們通常說的錯別字其實是分錯字和別字兩種，錯字是指寫得不正確的字，譬如把「鳥」字下面只寫了三點；把「步」字多加了一點，寫成「止」加「少」，造出了一些不存在的怪字。而別字，是指用錯了別的字，如把「包子」寫成了「飽子」，把「練習簿」寫成了「練習薄」。但是籠統地都可說是錯別字。若是你的一篇作文中接二連三出現了多個錯別字，一定也會影響你正確表達你的原意吧。

要在文章中減少甚至消滅錯別字的辦法只有一個：多看書，多與文字做朋友，這樣你就不會認錯和用錯它們了！

來吧，和《鬥嘴一班》的同學一起來學習如何分辨常見的錯別字吧！

卓瑩

　　前陣子跟藍天小學的徐老師聚會時，曾談及同學們在寫作時經常出現錯別字，徐老師問我可有良方妙策，並提議我和從事語文教學的宋老師，可否繼《鬥嘴一班學成語》之後，再撰寫一本分辨錯別字的圖書，希望同學們讀後能有所改善。

　　宋老師和我都覺得這個主意很不錯，於是我便有幸能再次跟宋老師合作，合力撰寫了這本既有由我創作的惹笑漫畫故事，又有宋老師為大家詳細解說如何分辨錯別字的圖書——《鬥嘴一班辨錯別字》。

　　積累了前幾次創作《鬥嘴一班學成語》、《鬥嘴一班學常識》及《鬥嘴一班數學王》等《鬥嘴一班》學習系列的經驗，我本以為自己在創作漫畫故事方面已經算是掌握了一丁點心得，怎料在正式構思故事時我才發現，原來要將兩個毫不相干的單字構成一個惹笑的漫畫故事，可絕非想像中那麼簡單。當我好不容易完成了這四十篇漫畫故事的那一刻，我感覺自己更像是一口氣完成了四十本《鬥嘴一班》故事似的，腦子被掏得空空如也。

　　創作過程雖然艱辛，卻是一個難能可貴的經驗。從既有的元素中發掘新的可能，是提升創意的好方法，通過這次的「特訓」，我對於創作也有了更深一層的領悟，卻未知我這次的「特訓」能否順利過關呢？十分期待同學們看過故事後，能給予寶貴的意見。

　　有興趣的同學亦不妨像我一樣，嘗試把一些在形、音、義上容易混淆的字組合起來，創作一篇有趣的文章，既可考驗自己分辨錯別字的能力，又可以訓練天馬行空的創意思維，真是一舉兩得呢！

人物介紹

文樂心（小辮子）

開朗熱情，好奇心強，但有點粗心大意，經常烏龍百出。

高立民

班裏的高材生，為人熱心、孝順，身高是他的致命傷。

胡 直

籃球隊隊員，運動健將，只是學習成績總是不太好。

江小柔

文靜溫柔，善解人意，非常擅長繪畫。

黃子祺

為人多嘴，愛搞怪，是讓人又愛又恨的搗蛋鬼。

吳慧珠（珠珠）

個性豁達單純，是班裏的開心果，吃是她最愛的事。

周志明

個性機靈，觀察力強，但為人調皮，容易闖禍。

謝海詩（海獅）

聰明伶俐，愛表現自己，是個好勝心強的小女皇。

羅校長

藍天小學的校長。

徐老師

班主任，中文老師。

麥老師（憤怒鳥老師）

藍天小學課外活動組導師。

哎呀，胡直，你怎麼常常都寫錯字呀？

中文真的很難呢！許多字的字形、讀音、字義都很相似，很難分辨呢！

文樂心，你不要只顧說胡直，不懂說自己，你也經常用錯字，還鬧出大笑話呢！

不用怕，我有《鬥嘴一班辨錯別字》，可以幫助我們分辨常見的錯別字。

珠珠太厲害了，可以借給我看嗎？

小柔，這本書已在我手上，我看完再給你看吧！哈哈！

一 字形相近的錯別字

茶 荼 ?

* 想知道更多關於本故事內容，可看《鬥嘴一班 15 理財實習生》。

字義 1. 自己、本人。
2. 傳統用以表示次序的符號——天干的第六位：「甲、乙、丙、丁、戊、己、庚、辛、壬、癸」。

組詞 己方、己見、己任、自己、先人後己、捨己為人

例句 我們畢業後要為社會貢獻，盡自己的一份責任。

字義 1. 作為副詞時，解作已經。
2. 作為動詞時，意思是停止。

組詞 已經、已然、早已、爭論不已、有加無已

例句 1. 經過大家的努力，這個問題已經解決了。
2. 將軍的演講使全體聽眾激動不已。

 細說正字

　　「己」和「已」的字形非常相似，所以往往被人們寫錯，但是它們的讀音和意思完全不同。記住：自「己」別出頭，「已」字已經走了一半。

　　此兩字都帶些古文色彩，如「己所不欲勿施於人」（出自《論語·衞靈公》），用現今的說話來說就是「自己不想要的，不要強加給別人」。「已」表示發生了、過去了的事情，或是停止的意思。例如，「木已成舟」表示事情已成事實，無法改變；「讚歎不已」表示不停地讚歎。

下一頁

1　百貨店裏

嫲嫲，爸爸的生日快到了，但他仍身在外地公幹，不如我送這條領帶給他作禮物好嗎？

好啊，很好看呢！

2　第二天早上

嫲嫲，請幫我寫上郵寄地址，然後把包裹寄出。郵寄地址我放進桌上的包裹了！

3

地址放進包裹？

5

嫲嫲，我請你幫我寄包裹，你怎麼把它拆開啊？

你說地址放在包裹了，可是我怎麼也找不到！

6

怎麼會？我不是說放在桌上的包裹嗎？

原來我把包「裏」寫成包「裹」了呢！

裏

字義 1. 內部、裏邊、裏面的。

2. 附在「這、那、哪」等字後面表示地點。

組詞 裏面、裏屋、裏頭、這裏、那裏、哪裏、裏裏外外、裏應外合

例句 1. 我的書包在哪裏呀？我找不到！

2. 外屋是客廳，裏屋是臥室。

裹

字義 1. 作為動詞時，意思是包紮、纏繞。

2. 作為名詞時，是指包裹好的東西。

組詞 包裹、裹腿、裹足不前

例句 1. 護士用紗布和繃帶把傷者的傷口裹好。

2. 你要憑這張包裹領取單去郵局拿包裹。

細說正字

　　這兩個字都是把「衣」字上下拆開，再加入「里」或「果」組成，形成讀音不同、意思也不同的兩個字，使用的時候要留意別寫錯，不能把「包裹」寫成「包裏」。

　　「裏」是用來表示方位的字，與「外」是相對的；「裹」字的字形就顯示了字義——用衣服把一個果子包裹起來。「裹」也有夾雜、纏繞的意思，例如成語「裹足不前」（出自秦·李斯《諫逐客書》）形容有所顧慮而停步不前，好像雙足被包纏住了。

下一頁

未、未

教室裏

注意：本月未有中文默書。

教室日誌

1

太好了！這個月底不用默書了！

奇怪了，為什麼會忽然取消？

不管了，總之不用溫習，我們周日一起去玩遙控車吧！

本月最後的一天，中文課

3

請所有同學收起課本，現在開始默書。

什麼？默書不是取消了嗎？

怎麼會？我不是早就告訴大家這個月底默書嗎？

有這樣的事嗎？

徐老師，教室日誌上寫着：「本月未有中文默書」啊！

5

不信你看！

我寫給班長的文字是：「本月『末』有中文默書。」月末，即是月底的意思，不是本月「未有」啊！

豈有此理！那天到底是誰當班長的啊？

6

對不起，是我不小心寫錯了，真的很抱歉！

小辮子，我們被你害慘了！

14

字義 1. 沒有、不。

2. 地支的第八位：「子、丑、寅、卯、辰、巳、午、未、申、酉、戌、亥」，是傳統用作表示次序的符號。

組詞 未必、未曾、未來、未免、未知數、未卜先知

例句 青少年是國家和社會未來的希望。

字義 1. 東西的梢、盡頭；非主要的事物；最後、終了；物體的碎片。

2. 戲曲中扮演中年男子的角色，京劇中的老生。

組詞 末梢、歲末、粉末、末班車、窮途末路

例句 爸爸在深圳辦完了公事，乘末班車回到香港。

細說正字

　　「未」和「末」在字形上只是上下兩道橫線的長短不同，很多學生常常會用錯，曾見有餐館把「芥末」寫成「芥未」。請看「末」字的兩橫，是先長後短，即是事物從大到小到最末端，所以一定要把短橫線寫在下面。這樣是不是容易記住了？

　　「末」的意思與「本」相對，如成語「本末倒置」比喻把事物的主次、本質與非本質關係顛倒了。「未」則與「已」的意思相對，表示還沒有。成語「未雨綢繆」說的是趁着天還沒下雨先修繕房屋門窗，比喻事先做好準備。記住，別把「未來」寫成「末來」啊！

下一頁

15

冶、治

圖書館裏

嘻嘻，這本書果然很有趣啊！

我的推介不錯吧？證明我多有品味！

自大狂！徐老師經常説，多讀書可以陶「冶」性情，

可惜你讀了這麼多書，你的性情卻不見得有什麼長進！

心心，是陶「冶」性情，不是陶「治」性情，

「冶」字是從「冫」部的。

冶

徐老師也經常説，多讀書可以提升語文能力，

可是你讀了這麼多書，你的語文能力卻不見得有提升啊！

我只是一時讀錯罷了！

冶

字義
1. 熔煉金屬。
2. 形容女子裝扮得豔麗，是帶貶義的字。

組詞　冶煉、冶金、冶豔、妖冶

例句
1. 這個省的鋼鐵冶煉工業很發達。
2. 媽媽不喜歡女兒打扮得這樣妖冶。

治

字義
1. 作為動詞時，解作治理、治療、消滅、懲罰、研究。
2. 作為形容詞時，解作安定或太平。

組詞　治國、自治、治療、治罪、治學、治世、治病救人、天下大治

例句
1. 大禹治水，十三年內三過家門而不入。
2. 這位英明的國王實施了一連串的改革，天下大治，民富國強。

 細說正字

　　「冶」和「治」寫法上只是左邊部首有一點之差，但是讀音和字義完全不同，書寫時很容易搞錯。大禹治水，別寫成大禹「冶」水呀，金屬才能通過冶煉礦石提煉出來；洪水只能靠疏通河道、開鑿支流等辦法來治理。

　　古人最早把「治」用於治理洪水，所以是三點水作部首；而兩點作部首的字常用的有「冰、冷、冽、凍」等意義相仿的字，除了「冶」用於熔化金屬，其餘的字都有冷的意思。

盲、肓

1 陸運會

2
你們在唱什麼？怎麼我一句也聽不懂？

你真落伍，這是近來最流行的韓文歌呢！

3
你們懂韓文嗎？

那你們怎麼唱？

不懂啊！

不懂也沒關係，只要跟着發音唱就可以啦！

4
連唱什麼也聽不懂，還鸚鵡學舌地跟着唱，你們這種盲目崇拜偶像的瘋狂舉動，真是病入膏「盲」啊！

5
黃子祺你説錯了，不是「盲」，是「肓」，從肉部，古代指心臟和膈膜之間，藥物不能到達的位置。

那即是什麼意思？

6
就是説你們這種盲目崇拜的行為已經達到病入膏肓、無可救藥的地步呀！

盲

字義 眼睛看不見東西；不懂或是不能清楚分辨事物。

組詞 盲人、盲文、色盲、文盲、盲從

例句 盲人用特製的「凸字」書籍，與常人一樣可以上學。

肓

字義 肓，是指心臟和橫膈膜之間，此字常與「膏」（心尖脂肪）一字連用，膏肓是人體內藥力達不到的地方。

組詞 膏肓、病入膏肓

例句 這個企業的上層領導貪污腐敗，已經病入膏肓，無法救治了。

細說正字

　　「盲」和「肓」兩字較明顯的區別是在字的下面部分，「盲」是有關眼睛的，所以下面是「目」作部首；而「肓」是指人體的一個部位，所以下面的部首是「肉」，書寫成「月」的樣子，粵音「方」。

　　因為「肓」是一個罕見的字，只用在「膏肓」一詞中，很多人就往往寫成了「膏盲」。「病入膏肓」（出自《左傳·成公十年》）是指病情嚴重，無藥可救，常用於比喻事態發展到不可挽救的地步。

哀、衷

操場上

1

2

救命呀！

別怕，有我在！

禮堂裏

3

十分感謝麥老師奮不顧身地拯救我們，我謹代表所有同學，向麥老師致以「哀」心的謝意。

4

5

救命，怎麼偏偏在關鍵時刻才出錯啊！

怎麼了？大家都在笑什麼？

6

你沒聽出小柔把「衷心」讀成「哀心」了嗎？

兩個字雖然相似，但意思完全不同呀！

* 想知道更多關於本故事內容，可看《鬥嘴一班 3 憤怒鳥老師》。

字義 悲傷、憐憫、悼念。

組詞 哀痛、悲哀、哀悼、苦苦哀求

例句 這個孩子父母雙亡，自己又得了絕症，悲慘的命運實在令人哀歎。

字義 內心、心意、心事。

組詞 由衷、衷心、衷情

例句 我衷心祝願你生日快樂！

細說正字

有一次，見到一篇文章中有一句：「兩個朋友分別多年，久別重逢，互訴『哀情』！」讀者以為兩人都遭遇到什麼傷心事了。仔細看下去，卻不是這麼一回事。原來作者漏寫了「衷」字裏面的一筆短豎，高高興興的互訴衷情變成了互相訴苦。這成了一個很大的誤會。所以要記得：「衣」字裏面一個「中」，是發自內心的「衷」，粵音讀「中」或「充」。「哀」是「衣」字裏面一個口，可能是悲痛得要張嘴大哭了呢！這樣是不是較容易記住了？

下一頁

茶、荼

1 酒樓裏

2 現在的社會風氣怎麼會變成這樣？

居然向未成年的孩子出售電子香煙！

3 這些不法商人，為圖一己私利而荼毒下一代，實在太沒良心！

4

5 什麼？茶毒？

嘩，茶有毒呀，大家千萬不要喝！

6 拜託，不是「茶」毒，是「荼」毒，是指不法商人毒害下一代的意思啊！

茶

字義 一種常綠灌木，嫩葉經加工後可製成飲料。

組詞 茶樹、茶葉、茶具、茶館、茶色、品茶、茶會

例句 這裏是一座大茶園，山坡上的茶農在忙着摘新茶。

荼

字義 古書上指的是一種苦菜，也指茅草的白花。

組詞 荼毒、如火如荼

例句 這羣貪官污吏勾結惡霸強盜，無惡不作，荼毒生靈，老百
姓苦不堪言。

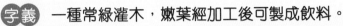 細說正字

　　「茶」和「荼」只是一個短橫線之差，卻是兩種不
同的植物。「茶」是我們生活中常見的字，是被廣泛使
用的飲料，也可說是其中一種中國之寶；而「荼」的用
處卻很有限，荼菜很苦，把它與毒蛇、毒蟲之類放在一
起的「荼毒」一詞比喻毒害。

　　有一則燈謎：人在草木中。你一定猜到了，就是
「茶」字，這個字很形象地表現了茶農在茶叢中採茶的
情景。所以，寫「茶」字時別把「木」上寫多一橫成了
「荼」。

下一頁

爆、曝

電視台外景拍攝現場 1

嘩，原來有大明星在拍戲啊！

我們趕緊上前拿簽名吧！

不好吧？這樣會妨礙他們拍攝的！

那麼，拍照總可以了吧？

3

太陽如此猛烈，他們還要在陽光下「爆」曬，當明星真辛苦啊！

不是「爆」曬，是「曝」曬，即曝露在陽光底下的意思。雖然兩字字形相近，但「爆」字一般都應用在跟火有關的事物上，例如爆炸！

5

同學，我們即將拍攝爆炸場面，很危險的，你們快離開吧！

6

看看你這張烏鴉嘴，剛說爆炸便真的要爆炸了！

嘻嘻，不要緊，反正就是拍戲而已嘛！

爆

字義
1. 猛然破裂或迸出；出人意料地出現。
2. 一種用油輕炸的烹調方法。

組詞　爆發、爆破、爆炸、油爆蝦

例句
1. 敵機投下的這顆炸彈過了十分鐘才突然爆炸，傷了很多人。
2. 這道菜叫油爆蝦，是這家酒樓的招牌名菜。

曝

字義
1. 放在陽光下曬。
2. 比喻隱秘的事顯露出來了。

組詞　曝曬、曝露、曝光、一曝十寒

例句
1. 在海灘玩了一整天回來，每個人的臉都曝曬得黑紅黑紅的。
2. 這件事很快就被媒體曝光了。

 細說正字

　　「爆」和「曝」的部首不同，這說明了兩字的不同：帶火藥的炸彈、爆竹等爆炸時往往會產生火花，所以是「火」字作部首；而「曝」是在陽光下曬，所以是「日」字旁。因此「爆炸」不能寫成「曝炸」，而「曝曬」決不是「爆曬」。

　　成語「一曝十寒」出自《孟子‧告子上》：「雖有天下易生之物也，一日曝之，十日寒之，未有能生者也。」指的是曬一天，凍十天，比喻做事一日勤，十日怠，沒有恆心。

下一頁

薄、簿

1 農曆年初一，在吳慧珠家中

恭喜發財，祝你們身體健康、心想事成！

怎麼如此客氣啊，太感謝了！

我還寫了賀卡呢！

3

珠珠：
　　祝你新年快樂！
　　附上小小薄禮，不成敬意，請笑納。

海詩上

「簿」禮？這麼大的盒子裏原來只是一本本的簿嗎？我還以為是糖果、餅乾呢！

什麼簿？是巧克力啊！

5

真的？太棒了！可是你的賀卡上不是寫着「簿」禮嗎？

不是「簿」禮，是「薄」禮，是微薄的薄，即是指禮物不豐厚的意思啦！

不會呀，這麼一大籃水果和巧克力，還不夠「厚」嗎？

這只是客套話，是謙詞，懂嗎？

薄

字義　物體不厚、感情不深、液體不濃、土地不肥沃。

組詞　薄餅、薄情、薄酒、薄田

例句　這張棉被太薄了，晚上蓋着可能會覺得冷。

簿

字義　用紙張裝訂成一個本子，用以記事或記賬。

組詞　簿子、賬簿、電話簿、筆記簿

例句　珠珠病了沒來上學，小柔把上課聽講的筆記簿借給她補課。

細說正字

「薄」是「厚」的反義字，有少、輕、微的意思，以「艸」當部首。「簿」是指寫字用的冊子，古時沒有紙，書寫在竹簡上，所以用「竹」當部首。

常見學生把「練習簿」寫成「練習薄」，沒留意它們的部首不同。另外，「薄」是形容詞，而「簿」是名詞，用法很不同呢！

下一頁

獵、臘

1 禮堂裏，話劇綵排

怎麼找了半天也找不到獵物啊！

現在是寒冬「獵」月，獵物不多，不如留待春暖花開時才再來狩獵吧！

3 你讀錯了，不是「獵」月，是「臘」月。

臘月是什麼？跟臘腸、臘肉有沒有關係？能吃嗎？

臘月是指農曆的十二月，不是食物啊！

5 現在是寒冬臘月，「臘」物不多，不如我們留待春暖花開時才再來狩「臘」吧！

小辮子，你又錯了！

是「獵」物，不是「臘」物。「獵」是打獵的獵，是從犬部的！

28

獵

字義 捕捉禽獸。

組詞 打獵、狩獵、獵人、獵槍

例句 獵人只能在規定的獵場打獵。

臘

字義 1. 農曆十二月稱為臘月。

2. 冬天醃製後風乾或燻乾的食物。

組詞 臘八、臘腸、臘肉、臘月

例句 這家餐館的臘味很出名，我尤其愛吃他們製作的臘肉。

細說正字

　　「獵」和「臘」兩字的左邊部首不同，意思和讀音也完全不同。「獵」的部首是「犬」，即是與動物有關；而「臘」的部首是「月」，與曆法中的月份有關。古代在農曆十二月祭拜眾神，叫「做臘」，因此十二月是臘月；十二月初八是臘八，民間有喝臘八粥的習慣。冬天是農閒季節，家家戶戶把雞、鴨、魚、肉等醃製成臘味，過年享用。

　　另外，一種黃色的梅花只有在十二月綻放，故名臘梅。所以「臘」字組成的詞都是與農曆十二月有關的。

　　記住這兩字的部首所代表的意思，就不會把「臘肉」寫成「獵肉」了。當然，先要去打獵，獵到野豬，才有臘肉吃呢！

下一頁

明辨對錯

一　把左右兩行中可以組成正確詞語的字，用線連起來。

微 •　　　　　　　• 來

包 •　　　　　　　• 薄

未 •　　　　　　　• 理

已 •　　　　　　　• 竹

治 •　　　　　　　• 物

獵 •　　　　　　　• 裏

爆 •　　　　　　　• 目

末 •　　　　　　　• 日

臘 •　　　　　　　• 經

盲 •　　　　　　　• 味

二 下面的詞語中各有一個錯別字，把它圈出來，在括號內寫上正確的字。

1. 長冶久安　　　　　　　　（　　）

2. 肓人摸象　　　　　　　　（　　）

3. 無動於哀　　　　　　　　（　　）

4. 如火如茶　　　　　　　　（　　）

5. 火山曝發　　　　　　　　（　　）

6. 裹足不前　　　　　　　　（　　）

三 圈出括號內正確的字，完成下面的句子。

1. 這串冰糖葫蘆是把一串新鮮的山楂（裏／裹）
   上冰糖汁製成的。

2. 這種（治／冶）療肺癌的方法開始被各國醫
   學界採用了。

3. 今天的課（己／已）經上完了。

4. 這本練習（簿／薄）太厚了，我要（薄／
   簿）一些的。

四 下面每個十字形內，上下左右的四字中有一個字
是不能與中心的字搭配成詞的，把它圈出來。

1.

```
        由
   在   自   治
        己
```

2.

```
        色
   人   盲   文
        筆
```

3.

```
        雨
   發   爆   炸
        裂
```

你可以的！

二 讀音相近的錯別字

色

式

干、乾

謝海詩家裏 1

莎莉姐姐，原來你懂得焗曲奇，很厲害啊！

太好吃了，我一定要把它們吃得一乾二淨！

咦，裏面好像還放了許多餡料呢！

對呀，海詩特別喜歡吃乾果，所以我把葡萄乾、核桃和果仁等乾果都混進曲奇裏了！

文樂心家裏 3

「乾」擾？難道還有「濕」擾嗎？應該是請勿「干」擾才對啊！

請勿乾擾

叉燒、魚蛋、雞肉？你怎麼把不相干的食材混在一起了？

這些都是我最喜歡吃的食物，所以我便把它們全加在曲奇裏了，莎莉姐姐也是這樣做的！

你怎麼不乾脆把飯都一併放進去算了！

* 想知道更多關於本故事內容，可看《鬥嘴一班 14 特別的家人》。

干

字義
1. 作為動詞時，意思是冒犯、牽連。
2. 作為名詞時，古代指武器中防禦用的盾。
3. 傳統用以表示次序的十個符號叫天干，也稱十干：「甲、乙、丙、丁、戊、己、庚、辛、壬、癸」。

組詞　干涉、干擾、干預、干戈

例句
1. 各國和平相處的一條重要原則是互不干涉內政。
2. 這些小事可以協商解決，何必大動干戈啊！

乾

字義
1. 可作形容詞及名詞，指沒有水分或水分很少的。
2. 空虛的、徒然的。
3. 拜認的親戚關係。

組詞　乾燥、餅乾、乾笑、乾媽、乾兒子、外強中乾

例句
1. 這些衣服都曬乾了，收起來吧。
2. 別看這個對手氣勢洶洶，其實他是外強中乾，不堪一擊。
3. 前幾年，他拜認何太為乾媽。

細說正字

　　這兩個字在日常生活中很多人常常弄混了。因為「乾」的簡體字是「干」，所以人們往往把「乾杯」寫成「干杯」，讀音好像相同，但是兩字的意思是很不同的。「乾」字常作為形容詞，與「濕」相對；也有「空」的意思，「乾杯」就是要喝光杯中的酒。但是「干」的用處比較少，所能組合的詞不多，「干涉、干預、干擾」這些詞中的「干」不能轉化成繁體的「乾」，若寫作「乾涉、乾預、乾擾」就不知所云了。

后、後

1

禮堂裏

珠珠加油,我們支持你!

我要參加比賽,我一定可以登上后座的!

看你這副樣子,的確是能登上「後座」,不過只是觀眾席的「後座」呢!

真過分!難道你就能當白馬王子嗎?

3

我可是堂堂新聞記者之後呢!只要我一出手,必定手到拿來!

好呀,我們拭目以待啊!

《白雪公主》話劇頒獎禮

最佳女主角

最佳女主角

5

你看,這就是我的「后座」啊!至於當不成白馬王子的你……

最佳女主角

觀眾席的「後座」就留給你好了,哈哈哈!

怎麼會這樣!

* 想知道更多關於本故事內容,可看《鬥嘴一班 11 最佳女主角》。

后

字義 君主的妻子、皇帝正室配偶的稱號。

組詞 皇后、王后、后妃、皇太后

例句 這位皇后雍容大方、和藹慈祥，是皇帝的好幫手，百姓的好國母。

後

字義 位於背面的、未來的、較晚的、次序靠近末尾的。

組詞 後面、後天、後排、後輩

例句 我們作為後輩，要尊敬前輩，學習他們艱苦創業的精神。

細說正字

因為「後」字的簡體字是「后」，所以人們往往會用錯，或是在簡繁體字轉換時轉錯。「後」通常是作為形容詞使用，與「前」字相對，在古文中也有「子孫」的意思，「無後為大」意思是一個家族要有子孫繼承香火，古人認為這是非常重要的大事。「后」則是指封建帝國最高統治者的正式配偶。

聽說有位書法家為一名女歌星題詞，寫了「歌藝之后」四個字，稱讚她的歌藝超羣；但是在刊登時被人轉為繁體的「歌藝之後」，使人不明所以。記住，皇后決不是「皇後」——皇之後代，而是皇帝的妻子啊！

克、刻

校際籃球比賽進行中 1

黑豹隊	雄獅隊
32	17

雄獅隊一定可以打敗黑豹隊的!

還能追得上嗎?

兄弟,比賽刻不容緩,我們得加把勁了!

大家別氣餒,我們的實力其實不差,只要我們肯刻苦訓練,下次必定可以打敗他們!

比賽結束 3

黑豹隊	雄獅隊
34	24

沒錯,只要努力,一定可以克敵制勝!

隔天,教室裏

你在幹什麼?

我在雕刻啊!

黑豹隊?你刻他們的名字幹什麼?他們可是我們的勁敵啊! 5

高立民不是說要「刻」敵制勝嗎?所以我就把他們全「刻」出來啊! 6

拜託!「克」敵制勝是克服的「克」,不是雕刻的「刻」啊!

克

 字義
1. 作為動詞時，是能夠、控制、戰勝的意思。
2. 作為名詞時，是國際重量單位，一克等於一公斤的千分之一。

組詞 克制、克服、以柔克剛、克敵制勝

例句 這裏本是一片沙漠地，經過三代人的努力，克服了很多困難，才建成一片大森林。

刻

 字義
1. 作為動詞時，指用刀子在竹、木、玉、石、金屬上雕出花紋或文字。
2. 作為名詞時，是時間的意思，用鐘錶計時以十五分鐘為一刻。
3. 作為形容詞時，形容程度極深。

組詞 雕刻、立刻、深刻、刻苦、一刻鐘、刻不容緩

例句 消滅蟲害，挽救垂死的莊稼，是刻不容緩的事。

 細說正字

　　曾經見到有學生把「刻苦學習」寫成「克苦學習」，也有把「刻骨銘心」寫成「克骨銘心」的，這可能是受了此兩字的相同讀音和相似字義的影響。其實它們各有自己的不同意思和用法。記住：「克」的主要意思是能運用心智或武力控制或戰勝某一事物，而「刻」的主要意思是運用工具進行雕琢的一種動作。

混、渾

在街市的轉角處

嘩，這位姐姐的五官輪廓像西方人一樣分明，但皮膚又有東方人的幼滑細緻，漂亮極了！

她多半是混血兒，才能集東、西方人的優點於一身。

她不但長得好看，連歌聲也特別動聽啊！

沒錯，歌聲與結他聲配合得渾然天成，令人渾然忘我呢！

她渾身上下都完美極了啊！

這兒人流混雜，你們怎麼也敢來？

我們剛好路過，便多看幾眼而已。

明天便要考試了，還不趕快回家溫習，難道你們以為可以蒙混過關嗎？

對呀，全都忘了！

你們果然渾然忘我呢！

混

字義 摻雜、胡亂、糊塗。

組詞 混合、混亂、混濁、混血兒

例句 他父親是非洲人，母親是日本人，所以他是混血兒。

渾

字義 污濁不清、不明事理、天然的、全或滿。

組詞 渾濁、渾沌、渾身、渾天儀、渾然天成、渾渾噩噩

例句 看看這個人，渾身上下都穿戴着名牌衣衫，俗不可耐。

 細說正字

　　同學們常用錯了「混」、「渾」這兩個字，但這也是情有可原的，因為它們不僅讀音相似，有些用法也相同，甚至有時可以通用。可是，還是要仔細分辨這兩字的不同意思及用法。「混」主要是指把幾種不同的物質放在一起用，例如把水泥、砂石和水拌和成混凝土，就不能寫成「渾凝土」。

　　「渾」是與「清」相對的形容詞，但「渾水摸魚」也可寫作「混水摸魚」，意思也是在不清澈的水中捉魚，比喻趁混亂時謀取自身利益。至於「渾」組成的褒義詞「渾厚、渾圓」就不能以「混」代替了。

成、承

1
今天開放日，我們邀請了一位學長回來，向大家分享他的學習心得。

各位好……最後，希望大家能秉承藍天小學的精神，成為一個正直及有承擔的人。

禮堂裏

2
什麼是秉「成」？是成功的「成」嗎？

不是成功的「成」，是承接的「承」。秉承即是繼承的意思。

我也要跟學長一樣，當一個有承擔的人！

3
教室裏

放學後，你們留下來做壁報！

4
好了，我現在可以功「承」身退了。

功成身退的意思是指完成任務後離開，但你什麼都還沒做，如何能功成身退啊？

5
我說的功「承」身退是指我的功課有人「承接」，所以我就可以全身而退啊！

你的語文水平真差，哪有功「承」身退這個說法？

我是故意用錯字的，因為我找到人來承接了嘛！

6
等一下，你找到誰來幫你承接？

當然就是你啦！你不是說想當一個有承擔的人嗎？我是在給你機會呢，嘻嘻！

豈有此理！

成

 1. 作為動詞時，意思為結束、達到、變化、生長。

2. 作為形容詞時，指已定的、定形的。

3. 作為名詞時，指結果、數量上十等分概念的單位。

 完成、成長、變成、成見、成果、成就、九成

 十年不見，她已經長成一個亭亭玉立的少女了！

承

 擔當、繼續、接受。

 承辦、繼承、承認、承受

 劣質的鋼板承受不了太大的重量，大橋有坍塌的危險。

 細說正字

這兩字雖然讀音相同，但字義完全不同。「成」字很常見，大家都會用；而「承」字相對就比較少用。有些同學就往往在該用「承」的時候用了「成」，例如「承受」寫作「成受」、「承先啟後」寫作「成先啟後」。

「成」是「敗」的反義詞，往往指順利結束某一行動，帶勝利的意思；而「承」偏重於接納、擔當的意思，也常用於客套話，如「承蒙（受到）、承情（領受情誼）」，是古文中常用的字。

司、師

1 放學時

2
小柔，外面有一位又高又帥的機師哥哥在等你啊！

咦，機師哥哥？厲害啊！

胡說！我哪兒認識什麼機師哥哥啊？

3 校門外

爸爸你怎麼來了？

我帶弟弟到醫院覆診，順道接你下課，快上車！

4
機師和司機不都是一樣嗎？

哪來的飛機師？分明就是司機哥哥嘛！

5
當然不一樣啦！司機的「司」含有操作的意思；而機師的「師」則是指具有專門技能的人，例如：律師、會計師、廚師等。

既然如此，為什麼財政司、政務司是用「司機」的「司」字？

6
對啊，為什麼？

你們連這個也不懂嗎？「司」字在古代是官名，含有掌管的意思啊！

司

字義 1. 作為動詞時，指操作、經營、主持。

2. 作為名詞時，指政府機關裏的一個部門。

組詞 司機、司庫、司儀、司令、司長

例句 這兩位司儀合作時默契十足，配合得很好，把活動掌握得非常流暢，不愧為金牌司儀。

師

字義 1. 掌握或傳授知識技能的人。

2. 對道士或僧尼的尊稱。

3. 軍隊的一種編制或泛指軍隊。

組詞 師長、廚師、教師、法師、禪師、軍師、師出無名

例句 我的老師曾經參軍，還當過軍隊師長的秘書呢！

細說正字

有些人以為「司」、「師」兩字在很多情況下都可以互換使用，就把「師傅」寫成「司傅」、開飛機的「機師」寫成「機司」、開汽車的「司機」卻成了「師機」……其實兩字有不同用法，不能隨便互換。

另外，常用的成語「勞師動眾」不能成為「勞司動眾」；「司空見慣」表示常見就不足為奇，當中的「司空」其實是古代的一種官職（見唐代孟棨《本事詩》），就更不能寫成「師空」了。

1 繡花鞋店

2
嘩，這裏真是各式各樣的繡花鞋都有啊！

這些鞋子的款式很特別啊！

3
小妹妹眼光不錯啊，這些都是人手做的好貨色呢！

這些鞋都是您做的嗎？

4
沒錯，所以每雙鞋子的顏色和款式都是獨一無二的。

婆婆您的手真巧啊！

5
「色」微？不是呀，這些鞋子色彩很鮮豔奪目啊！

再巧也不中用了，繡花鞋漸漸式微，不流行了！

6
「式微」是款式的「式」，不是「顏色」的「色」，即是繡花鞋這個手藝在漸漸衰落的意思啊！

色

字義 光譜中分解出的七種不同顏色；臉上的表情；貨物種類或質量；情景；婦女的美貌。

組詞 色彩、彩色、神色、貨色、景色、姿色

例句 香港的聖誕燈飾色彩繽紛，吸引了很多遊人。

式

字義 樣子、典禮、法則。

組詞 式樣、儀式、公式

例句 西班牙建築大師高第的建築作品，式樣都很奇特。

細說正字

　　常見有人把「各式各樣」寫成「各色各樣」，用以形容事物的多種，看來好像沒錯，但是「式樣」是一個詞，形容事物的外表、形狀，「各式各樣」是說很多具有不同種類、不同模樣的事物，是一個約定俗成的四字詞，不能寫成「各色各樣」；而「色」着重於事物的色彩，說「各色」就令人聯想到是具有各種不同顏色的事物。

　　另外，形容具有不同顏色圖紋的「花色」不能寫成「花式」。還有人把「招式」寫成「招色」，這也用錯了，「招式」是指方法、計謀，或是武術上的動作，與顏色無關。

工、公

孫中山紀念公園 [1]

天下為公

哼，真偏心，為什麼只寫「天下為公」，不寫「天下為母」？太重男輕女了！

孫中山先生口中的「天下為公」的「公」，是公眾、大眾的意思，不是解作雄性啊！

太好了，原來不是指男性的天下呢！

街道上 **珠寶店** [3]

這些首飾雕琢得很細緻，真是巧奪天工啊！

「天公」？原來這些首飾都是天然雕琢出來的嗎？

不是「天公」，是天「工」，手工的「工」。

為什麼不是「天公」？這麼精巧的首飾，不是應該出自上天之手嗎？ [5]

巧奪天工的意思，正正就是指一些工藝品的手工，比天然的更精巧呢！

字義 某一項體力或腦力事業、從事此項事業的人；技術和技術修養；中國民族音樂音階上的一個記音符號。

組詞 工作、工業、礦工、技工

例句 「工欲善其事，必先利其器」，想做好一件事必須事先做好充分準備。

字義 1. 作為形容詞時，指屬於大眾的、公平合理的、雄性的。

2. 作為名詞時，指國家的或集體的事、封建社會中五等爵位的第一等、對老年男子的尊稱、丈夫的父親。

3. 作為動詞時，意思是宣布某事讓大家知道。

組詞 公物、公正、公雞、公爵、公布、秉公

例句 對他的犯罪行為，司法部門一定會秉公辦理的。

細說正字

這兩字的讀音一樣，意思也有一些相近，所以人門常常用錯。最常見的錯誤是在一些機構或企業公司的門口，寫着「辦工時間九點到五點……」人們往往也不以為有錯。「辦公」是指做公家的事，「公」是相對於「私」的，上班時間當然不能做私事，只能辦公事。「工」是泛指工作，但習慣上只能說「做工」，不能說「辦工」，因為「工」通常多指體力勞動，搭配比較具體的動詞「做」；而公事是要坐在辦公室裏的職員辦理的。上面提到的牌子上只能寫「辦公時間」，而不是「辦工時間」。

力、利

1

學生代表就職典禮

高立民是我們的級代表，以後我們要向老師反映意見，就方便得多了！

太好了，以後有高立民這個後盾作掩護，對我們很有利呢！

原來級代表有這麼大的權力嗎？

3

你別聽他們胡說八道！什麼「權力」？是「權利」才真呢！

這兩者有什麼不一樣嗎？

分別可大了！「權力」是指擁有某程度上的支配或控制能力；而「權利」就是享有某些利益，例如代表我們向老師反映意見。

嘩，很威風呢！我也想當代表啊！

5

就憑你？當學生代表是要品學兼優的！

要求這麼高啊？

那麼我寧願當一個平凡的學生呢！

當然呀！

力

字義 物體之間的相互作用；肌肉的效能；能力。

組詞 力學、力氣、體力、力量、視力、努力、地心吸力

例句 學生們要努力學習，掌握知識本領，日後為社會服務。

利

字義 1. 作為形容詞，意思是尖銳、方便、無礙、靈活敏捷。

　　　2. 作為名詞，指好處、錢財。

組詞 銳利、鋒利、便利、順利、利索、利益、利息

例句 這事你要慎重考慮，權衡利和弊，想清楚了再作決定。

細說正字

　　「力」和「利」雖然讀音相似，但是字義的概念完全不同。曾經見到一家財務公司的廣告，用了「利大無窮」四個字，並把「利」字寫得大大的。這是套用了「力大無窮」一詞所作的改編，表示在他們公司投資就能獲得極大利潤。這是廣告用的噱頭，這樣的篡改例子很多，但難免會對人產生模糊正確用字的影響。

　　「力」說的是能力和體能，「利」卻偏於好處，與「弊」及「害」相對。我們去做「力所能及」的事，是用自己的力量和本領，決不是去做「利所能及」的事。

道、導

郊外的山坡上 `1`

你看，從這兒往下看，便可以俯瞰整個維多利亞港的景色，漂亮吧？

海詩很像導遊啊！

海詩，下一站你預備帶我們去哪兒？

我來當嚮導，你們只要跟着來就對了！

我去一下洗手間！

去洗手間是假的，你想順道去買零食才是真的吧？

小食亭

你真聰明，怎麼就能一語道破啊？

珠珠，你不能吃太多零食，這樣體重會失控的！

我知道了！

唉，我們苦口婆心的勸導，全都是徒勞啊！

待會兒還有漫長的道路要走，當然要補充能量啊！

小食亭

* 想知道更多關於本故事內容，可看《鬥嘴一班 14 特別的家人》。

道

字義
1. 作為名詞，意思是路、方向、方法、品德、技藝、思想體系。
2. 作為動詞，解作說話。
3. 作為量詞，用於一些長條形的事物，或是門、牆、命令、題目等。

組詞 道路、河道、道德、茶道、醫道、道歉、能說會道、志同道合、一道難題

例句 這條河道經過疏通之後，寬敞得多了。

導

字義 引領、傳送、指引。

組詞 導遊、導電、教導、指導、領導

例句 在徐老師的指導下，我們奪得朗誦冠軍。

「道」和「導」這兩字雖然讀音相同，但字義是很不同的。可是，「報道」和「報導」卻是通用的，都是指通過報章雜誌、廣播電視或其他形式把新聞告訴大眾。可能因此導致有些人在其他場合也混淆了這兩字的用法，例如有人把「指導」寫做「指道」，把「知道」誤寫成「知導」，「半導體」有人寫作「半道體」。領導人雖然是指引方向、帶領走道的人物，但是不能寫成「領道人」啊！

明辨對錯

一 選出適當的字組成詞語，在 □ 內填上答案。

乾　　　干

1. □淨　　　　　2. □燥

3. □戈　　　　　4. 餅□

5. 風□　　　　　6. 相□

7. □柴　　　　　8. □糧

9. □涉　　　　　10. □擾

11. □旱　　　　　12. □預

二 下面的對話中遺漏了一些字，選出適當的字填在
橫線上。

| 後 后 導 道 師 司 承 成 力 利 |

甲：這篇講皇帝和皇 1. _____ 的故事很有
趣。

乙：對呀，皇帝很英明，但是他們的兒子不爭
氣，不能繼 2. _____ 王位。

甲：那麼 3. _____ 來怎麼辦呢？

乙：還好有一位聰明的老 4. _____ 來到，
全 5. _____ 以赴教 6. _____ 王子，
使他走上了正 7. _____ 。

三 把適當的字填在括號內，組成完整的成語。

1. 爭名逐（　　　）　　2. （　　　）身上下

3. （　　　）不容緩　　4. 公事（　　　）辦

5. 各（　　　）各樣　　6. （　　　）拔山河

四 運用下面的詞語造句，把答案寫在橫線上。

1. 領導

_____

_____

2. 混合

_____

_____

3. 刻苦

_____

_____

4. 成功

_____

_____

三 形音相近的錯別字

魚、漁

1

TV

文樂心家裏

一樁打劫珠寶店案，賊人一行四人，警方當場逮住三人，唯獨一人逃脫。

哎呀，怎麼居然有漏網之魚呀！

不是說是賊人嗎？哪兒有魚呀？

「漏網之魚」的「魚」指的不是魚，而是比喻犯人逃脫了的意思呀！

原來如此！

3

戲院內

別看了，快走吧！

對，免得殃及池魚！

不是吧？在戲院也有一池的魚？

「殃及池魚」是指無辜的人被牽連，不是一池的魚啊！

5

岸邊

這就是所謂的漁火閃閃吧！

魚火？是用魚生的火嗎？

漁火不是一尾魚的「魚」，是加了「氵」的「漁」，意思是漁民在船上點的燈火啊！

到底什麼時候是「魚」，什麼時候是「漁」啊？

魚

字義 生活在水中的一種脊椎動物，大部分可食用。

組詞 魚苗、魚鱗、炸魚、魚餌

例句 這個魚塘很大，裏面飼養了多種可食用的淡水魚。

漁

字義 捕魚的動作或行業；謀取不應得的東西。

組詞 漁夫、漁村、漁業、漁人之利

例句 這首樂曲名叫《漁舟唱晚》，描繪漁民辛勞捕魚歸來的喜悅心情。

 細說正字

　　「魚」、「漁」兩字的區別僅在一個部首，加上讀音、意義範疇相近，所以常常會被人用錯。「魚」只是用於名詞，相信是大家熟悉的字，也是很多人喜愛的食物，所以對具體的「魚」字一般不會用錯。可是，大家往往不會用比較抽象的「漁」字，它除了作為名詞外，也可做動詞。「漁」主要的意思是有關養魚、捕魚的行業和動作，所以「漁夫」不能寫作「魚夫」，這是最常見的錯誤；靠捕魚為生的「漁村」不是滿村是魚的「魚村」啊！

　　「鷸蚌相爭，漁人得利」（出自《戰國策‧燕策》）的故事大家都知道吧，比喻雙方相爭持，讓第三者（即漁人）得了好處。

候、侯

1 早上
（塞車的街道，車輛擠滿道路）

2
怎麼辦？張佩兒說我們必須準時，過時不候呢！

這個時候並非繁忙時間，怎麼會塞車呢？

3
下雨天地面濕滑，塞車是無可避免的，我們只能耐心等候！

近來天氣不穩定，經常暴雨連連，也是無可奈何啊！

4 張佩兒家裏
你們總算來了，我可是恭候多時呢！

5
嘩，原來你是「候」門千金啊！

珠珠，是「侯門」不是「候門」呀！「侯門」是指顯貴的人家。

6
張佩兒一直站在門口等候我們，不正正就是「候」門千金嗎？嘿嘿！

珠珠，你……

候

字義　1. 作為動詞時，意思是等待、問好。

　　　2. 作為名詞時，解作時節、情況，氣象學上沿用古法稱五天為「一候」。

組詞　等候、問候、時候、火候

例句　我們先在候車室等等吧，開車前再進閘。

侯

字義　古代社會五等爵位的第二等，也用以泛指達官貴人。

組詞　侯爵、侯門

例句　你知道嗎？君主國家貴族封號有五等爵位：公、侯、伯、子、男。

細說正字

　　這兩字讀音相近，而且只是一個短豎之差，常常會被人用錯。帶一豎的「候」字是我們常用的字，但是很多同學在書寫時往往漏寫了這一豎，「時候」變成了「時矦」，「等候」成為「等矦」，老師當然要扣分了。「侯」字不常用，只用在表示封建社會中的第二等爵位，「侯門」也用以指顯貴人家的深宅大院。唐代詩人崔郊的《贈婢詩》中說「侯門一入深似海，從此蕭郎是路人」寫的是封建社會裏由於門第懸殊而造成戀人的分離。

　　記住，當你寫「候」字時，別忘了寫中間的一豎，這樣就不會錯了！

藉、籍

圖書館裏

1

嘩，原來學校圖書館的書籍也不少啊！

那兒是「藏書閣」，裏面收藏着很多珍貴的典籍呢！

藏書閣

3

我很想去見識一下啊！

藏書閣不會隨便開放，如果你口才了得，也許能找個藉口說服老師讓我們看一眼！

小辮子，你怎麼弄得一地狼藉啊！

5

什麼是狼「籍」？我只聽過國籍、戶籍、外籍，沒聽過有狼「籍」，狼也要登記戶口嗎？

狼藉的「藉」是從「艸」部，有凌亂不堪的意思呀！

你把圖書弄成這樣，小心老師藉着這個機會開除你的學籍啊！

別危言聳聽了，老師對我們那麼好，才不會隨便開除學生呢！

藉

1. 作為名詞時，指墊襯在下面的物件。

2. 作為動詞時，有假托、憑借、利用的意思，與「借」通用。

組詞 枕藉、藉故、藉助、藉口

例句 你別找藉口了，遲到是不對的。

籍

字義 書冊；祖居或個人出生的地方；代表個人對國家、組織的隸屬關係。

組詞 書籍、古籍、籍貫、國籍、戶籍、學籍

例句 我們要愛護公共圖書館裏的書籍，不要使它們損壞或遺失。

細說正字

「藉」、「籍」兩字的差別在於代表字義的不同部首：通常古人用乾草、草蓆作鋪墊，所以「藉」是草字頭；而「籍」的本意是書本、冊子，古時用竹片串起為冊，所以用竹字頭。常見的錯誤是把「國籍」寫成了「國藉」，把「藉口」寫作「籍口」。

《史記‧滑稽列傳》中説的「杯盤狼藉」形容飲宴後餐具散亂的樣子，「狼藉」本意是狼羣常藉草而睡，起身後故意把鋪草踩亂以消滅住宿的痕跡。後用此詞組比喻亂七八糟的景象、極壞的名聲或破敗不可收拾的局面，所以不能寫作「狼籍」，否則意思就會變成「屬於狼的一類」了。

分、份

小息時

同學們，不如我們每人湊一份錢，在歡送會上送一份有意義的禮物給麥老師，以紀念跟他的緣分，好嗎？

這是什麼？

就是港幣一分錢啊！

請大家把費用交給我。

一分錢已經停用很久了，你給我幹嗎？你應該付我港幣五元才對！

五元這麼貴？不是說好每人只付一「分」錢嗎？

你聽錯了，心心說的是一「份」錢，而不是一「分」錢，

「份」字是量詞，從「人」部的！

原來如此，那我另外給你五元吧！

珠珠的那份錢由我來付，我分文不收，只要這張紙幣就好！

為什麼？

雖然一分錢紙幣早已不再通用，但如果把紙幣賣給收藏家，

它的價值說不定會遠遠超出五元啊！

不行，你快把它還給我！

* 想知道更多關於本故事內容，可看《鬥嘴一班3憤怒鳥老師》。

分

字義
1. 作為動詞時，意思為把整體事物變成幾個部分，或指辨別事物。
2. 作為名詞時，指整體的一部分；表示分數；某些計量單位的名稱；也表示成分、職責和權利的限度。

組詞 分裂、分離、分辨、分會、分鐘、百分數、安分守己

例句 這個薄餅很大，我們幾個人把它分了吃吧。

份

字義
1. 作為名詞時，指整體中的一個單位，用在「省、年、月」後面表示劃分的單位。
2. 作為量詞時，用於報刊、文件等，或搭配成組的東西。

組詞 股份、省份、月份、一份報紙、一份合同、一份禮物

例句 聖誕節快到了，我們每人都準備了一份禮物，互相交換。

細說正字

「分」、「份」兩字的用法很容易混淆，但兩字還是有區別的。當「分」用作動詞、「合」是它的反義詞時，通常不會用錯；「份」用作量詞時，大家都不易用錯，但這兩字作名詞時都有表示整體一部分的意思，人們就容易混淆了。我們來看看它們的習慣搭配：「份」與「省、年、月」同用表示劃分的單位，所以「省份」、「月份」、「年份」別寫成「省分」、「月分」、「年分」；而「分」通常用作計量單位，以及表示某些事物的限度，所以「百分比」、「分鐘」可不能寫成「百份比」、「份鐘」啊！

考考你：「把這大塊土地等分為八等份，每家都有份。」你能說出句中先後出現的「分、份、份」三字的意思嗎？

藍、籃

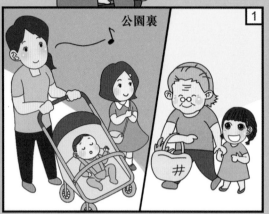

公園裏

1

江阿姨哼的是什麼歌？真動聽！

沒什麼，只是不知名的搖籃曲而已。

3

你們買了一籃子的菜，是家裏有客人嗎？

孩子的爸爸今天剛從泰國公幹回來，所以多煮一些菜！

文樂心家裏

我們終於落實以泰式建築為藍本建造新房屋，

這些房屋更會成為我們公司未來十年的建築藍圖呢！

真是不枉此行啊！

什麼是「籃」本、「籃」圖？

是關於竹籃的書本和圖片嗎？

不是竹籃的「籃」，是顏色的「藍」呢！「藍本」是指爸爸以泰式的建築作為參考的底本；而「藍圖」就是指未來十年的建築計劃啊！

藍

字義 像晴天天空那樣的顏色。

組詞 藍天、碧藍、蔚藍

例句 秋天天高氣爽，藍藍的天上萬里無雲，真美啊！

籃

字義 用竹、藤、繩等材料編製，可盛物件的容器。

組詞 竹籃、投籃、籃球

例句 非洲婦女都習慣把盛物的籃子頂在頭上走路。

細說正字

　　「藍」、「籃」兩字的意義及用法都很簡單，但因為寫法相似、讀音相同，只是擁有不同的部首，就很容易被人寫錯，最常見的錯誤是把要投籃得分的「籃球」運動寫成「藍球」，打籃球變成了打一個藍色的球！

　　我們還是要學習從不同部首來分辨兩字的意思：因為藍色是從一種植物中提煉出來的（三千多年前中國古人就從藍草中製取藍色染料，戰國荀子的千古名句「青出於藍而勝於藍」來自於當時的染藍技術），所以用草字頭；而古人最早是用漫山遍野的竹子來編製籃子裝物，所以用竹字頭。古人造字是很講究科學性的，大家不要弄混了呀！

恰、洽

1 早上八時，合唱團比賽當天

怎麼恰恰這時才下暴雨啊？

我們辛苦排練了這麼久，如果因此不能參賽實在太可惜了！

放心吧，假如因為天氣問題而取消，主辦單位會改期的。

3 文化中心演講廳

所有暴雨警告信號現已取消

耶！我們恰好趕上了呢！

比賽後

你們看，這道彩虹恰似一條彩帶，專誠來向我們道賀呢！

優異獎

5

這是光暈，不是彩虹啊！

我偏要說它是彩虹不行嗎？

同學間應該融洽相處，你這樣做很不恰當啊！

何老師對不起，我知錯了！

恰

字義 正好、合適。

組詞 恰巧、恰好、恰當

例句 你來得恰好，我正有事要去找你呢！

洽

字義 1. 作為形容詞時，解作和睦、協調。

　　　2. 作為動詞時，是商量、談判的意思。

組詞 融洽、洽談、接洽

例句 文樂心的爸爸明天要去和外商接洽，商談簽約的具體事項。

 細說正字

　　「恰」、「洽」這兩字的不同也在於部首，而且字義各不相同，但因為字形相近、讀音一樣，所以往往被人用錯。「恰」字是我們口語中常常用到的，「恰好」、「恰恰」、「恰當」等都是我們常說的詞。記住，它是豎心旁的。「洽」字是比較正式的書面語，「面洽」、「洽談」、「洽商」等詞常常出現在文件中，它是以「氵」作部首的，可別寫成「恰談、恰商」等字。

　　另外，「融洽」一詞是我們常用以形容和諧友好的氣氛和場面，是個很美好的詞，可別寫成「融恰」啊！

班、斑

聖誕節前，在兒童院裏

這兒好像沒怎麼變啊！

你們看，那些色彩斑斕的紙鶴，不正是我們去年一起摺成的嗎？

還有當天的照片呢！

可以原班人馬一起來，真好！

什麼又是「斑」又是「馬」的？這兒不是農場啊！

原「班」人馬是「班級」的「班」，

即是今年和去年都是同一班人的意思啊！

錯了，今年和去年並非同一班啊！

怎麼可能？分明全部都到齊了！

今年我們已經升班了，自然跟去年不是同一班，不是嗎？

* 想知道更多關於本故事內容，可看《鬥嘴一班 10 最温暖的聖誕》。

班

 字義
1. 作為名詞時，解作工作或學習的分組組別、一段工作時間。
2. 作為量詞時，用於一羣人或定時開行的交通工具。

 組詞　班級、上班、值班、進修班、一班車、一班工人

例句
1. 今天媽媽在醫院值班，要晚一些回家。
2. 你遲到了，乘下一班飛機走吧。

斑

 字義
1. 作為名詞時，是花紋或點子的意思。
2. 作為形容詞時，解作雜色的、燦爛多彩的、有斑點或斑紋的。

 組詞　雀斑、斑痕、斑斕、斑馬、斑竹

 例句
1. 這塊玉的表面上有一些斑痕。
2. 我們過馬路要走斑馬線。

 細說正字

　　「班」、「斑」兩字都有左右兩個王，但是要留意中間有「文」字的「斑」是帶有花紋或小點子的意思，好比石斑魚之得名，就是因為魚身有斑點，所以不能寫作「石班魚」啊！而「班」字中間是把兩件事物區分開的一點與一撇，所以「上班」和「值班」不能寫成「上斑」和「值斑」。

　　「班門弄斧」中的「班門」是指古代巧匠魯班的家，意思是在行家面前賣弄本領，不自量力。我們更不能錯寫成「斑門」了。

慢、漫

郊外的山坡上 1

這兒漫山遍野都是白色的蒲公英，漂亮極了！

不如我們來寫生吧！

像你這樣慢條斯理，太陽下山也無法完成啊！

3

我這是慢工出細貨好嗎？

是慢手慢腳才真吧！

珠珠，你到底在畫什麼？

烏龜啊！

你為什麼畫這麼多烏龜？這兒連一隻烏龜也沒有啊！

5

你們不是說「慢」山遍野嗎？

我想了很久該怎麼畫「慢」山，結果我想起烏龜既走得慢，

背上的殼又像一座小山，不就是「慢山」嗎？怎樣？我厲害吧？

救命啊！

慢

字義 速度低；走路、做事等所費時間長；態度冷淡、無禮。

組詞 緩慢、慢步、怠慢、傲慢

例句 他的動作很慢，不適合在這間效率高的公司工作。

漫

字義 1. 作為動詞時，指水滿溢出、覆蓋。

2. 作為形容詞時，指遍布的、長的、不受約束的。

組詞 散漫、漫流、漫山遍野、漫漫長夜、漫無邊際

例句 他說了一個小時，漫無邊際地說了很多離題太遠的事。

細說正字

　　「慢」、「漫」這兩個字的字形相似，讀音相同，所以往往被人寫錯。「慢」字是豎心旁，字義與速度有關，是「快」的反義詞，這方面的用法一般不會出錯。「漫」從三點水旁，原意是與溢水有關，水太滿而溢了出來，不受限制，隨隨便便地流得到處都是，所以有了「漫流、漫溢」等詞，轉義用在一些不受規範、任意發揮的「漫畫、漫遊、漫罵、浪漫」等詞語上。

　　另外，「慢」也有指對人驕傲無禮的意思，這點常被人忽略，所以「傲慢、怠慢」就往往被人寫作「傲漫、怠漫」。相反，如果你把「浪漫」寫成了「浪慢」，那就一點情調也沒有了！

密、蜜

密

字義 人物或事情之間的距離近、空間小；精緻、細緻；不能公開的。

組詞 親密、緊密、精密、細密、秘密、密談

例句 這是一封密函，要直接交給總司令。

蜜

字義 1. 作為名詞時，是指蜜蜂採集花粉後釀出的蜂蜜。

2. 作為形容詞時，解作甜美的意思。

組詞 釀蜜、蜜糖、甜蜜、甜言蜜語

例句 一些歹徒專用甜言蜜語哄人，以達到騙取金錢的目的。

細說正字

「密」、「蜜」兩字不難區別，它們的形狀看似相仿，但要留意字的下半部是不同的，「蜜」因為原意是蜜蜂釀出的蜜，所以部首是「虫」；但「密」的下半部是「山」（「山」不是它的部首，它的部首是「宀」），它的反義詞是「疏、稀」，這一點是要記住的。「蜜」字除了與蜜蜂及蜂蜜有關，也有甜的意思，所以也用在經糖醃製過的蜜餞以及形容甜味很濃的蜜棗。

另外，「親密」可別寫成「親蜜」，「密談」別寫成「蜜談」，否則意思就完全不同了！

歷、曆

國際龍舟比賽 ①

沒想到端午節這個節日不但歷久不衰，

還能透過舉辦國際賽事，讓節日變得國際化，真是很奇妙啊！

我倒是比較喜歡農曆新年，氣氛既熱鬧又朝氣勃勃。

③

從歲晚辦年貨開始，一直到元宵節為止，

新年氣氛都十分濃厚，歷時超過半個月的時間呢！

可惜歷年的考試都安排在年假之後，整個假期都只能躲在家溫習！

唉，我的行事曆上只有一個行程，那就是溫習、溫習再溫習！

沒辦法，誰不是歷盡艱辛才能學業有成啊？

不是吧？當學生就要這麼辛苦嗎？

你應該是個例外！

真的？為什麼？

⑤

因為無論你有沒有溫習，成績也差不多。

還是省點力氣較划算！

你真過分啊！

歷

字義 曾經遇到的事件；過去的；清晰的。

組詞 經歷、歷史、歷代、歷屆、歷歷在目

例句 他歷經千辛萬苦，終於創辦了這個龐大的互聯網站。

曆

字義 推算年、月、日和節氣的方法；記錄年、月、日、節氣的書或表等。

組詞 曆法、陽曆、陰曆、日曆、年曆、掛曆

例句 一年又過去了，我們換上新的年曆吧！

細說正字

　　這兩字的區別在於不同的部首：「曆」字的部首是「日」，表示了它是與日子有關的，所以凡是關於曆法的事物都用這個「曆」字。而「歷」的部首是「止」，表示一個過程、一段時間，用處比「曆」廣泛，我們常用的詞語有「歷程、歷來、歷盡」等等。

　　因為「歷」和「曆」在簡體字中兩字寫法是一樣的，所以往往造成了混亂。人們在把簡體字轉化為繁體字時，就常常出錯，「日曆」變成「日歷」，「履歷」成了「履曆」，這是我們要小心的。

一　選出適當的字組成詞語，在 ☐ 內填上答案。

藉	籍	斑	班	魚	漁	籃　藍
候	侯	蜜	密	恰	洽	浪　緩

1. ☐ 民

2. ☐ 口

3. ☐ 漫

4. ☐ 馬

5. 釣 ☐

6. 秘 ☐

7. ☐ 球

8. 甜 ☐

9. 融 ☐

10. 等 ☐

11. ☐ 慢

12. ☐ 門

13. ☐ 級

14. 蔚 ☐

15. 外 ☐

16. ☐ 當

二 圈出括號內正確的字，完成下面的句子。

1. 他的父母都是受過高等教育的人，通情達理，
   說話都（恰 / 洽）如其（份 / 分）。

2. 我們公司的福利很好，每天有（斑 / 班）車
   接送，每星期還有一天的午餐可以吃石（斑
   / 班）魚呢！

3. 這個英國（籍 / 藉）作家的家中收藏了過萬
   本珍貴書（籍 / 藉）。

4. 對不起，今天怠（慢 / 漫）你們了，請多多
   包涵，你們（慢 / 漫）走啊！

三 下面的詞語中各有一個錯別字，把它圈出來，在
括號內寫上正確的字。

1. 魚人得利　（　　　）　2. 斑門弄斧　（　　　）

3. 份秒必爭　（　　　）　4. 漁米之鄉　（　　　）

5. 碧海籃天　（　　　）　6. 漫條斯理　（　　　）

7. 曆經滄桑　（　　　）　8. 洽到好處　（　　　）

四 下面每個花形內，周圍的五個字中有一個字是不能與中心的字搭配成詞的，把它圈出來。

詞
典　藉　以
故　口

履
閱　歷　史
法　經

（四）字義相近的
錯別字

帶、戴

教室裏 1

糟了，我忘記帶記憶棒呢！

《最佳節目選拔賽》今天中午便截止報名了，沒有記憶棒便無法參賽啊！

海詩的外傭姐姐真好！

這算得了什麼？我上星期患了感冒，外傭姐姐不但帶我到醫院，還看顧了我好幾天呢！

你這個帶菌者，生病也不戴口罩，我的衣服被你的病菌弄污了，你要賠償啊！

對不起啦，我不是故意的！

如果你把最新一冊的《鬥嘴一班》借給我，那我就饒了你吧！

衣服髒了，帶回家清洗乾淨不就好了嗎？

* 想知道更多關於本故事內容，可看《鬥嘴一班 14 特別的家人》。

帶

字義 1. 作為名詞時，解作長條物、區域。

2. 作為動詞時，意思是隨身拿着、含有、連着、引導。

組詞 皮帶、熱帶、攜帶、附帶、帶動、帶領

例句 1. 機器的傳送帶出了問題，所以停工了。

2. 他面帶笑容在門口迎接客人。

戴

字義 把物件放在身體的頭、面、頸、胸、臂等處，又有擁護尊敬的意思。

組詞 愛戴、擁戴、戴眼鏡

例句 這位戴眼鏡的教授學問淵博，待人親切，很受學生愛戴。

細說正字

　　「帶」、「戴」兩字讀音相同，字義有些相近，所以常常被人用錯。作為名詞的「帶」不易寫錯，但是作為動詞時就要注意了：兩字都是有關人與物件的關聯，但是「帶」字的意思是你要把物件隨身拿着，而「戴」就是要把物件放在你身體的某一部分。譬如你隨身把一副眼鏡帶了出來，但還沒把它戴在眼睛前面，那只能說你帶了眼鏡而沒有戴它，不要弄混了。

　　「帶」還有包含、顯出的意思，「面帶笑容」就不能寫做「面戴笑容」，這笑容雖然是在臉上，但是發自內心的，不是故意「戴」上去的假面具啊！而給貴賓「戴花」就不能寫作「帶花」，因為這花是要插在胸前，不是拿在手上的。

小、少

1

萬聖節當天，
主題公園內

救命呀！

小心啊！

看你這副大驚小怪的模樣，還是適合到
隔鄰那座小貓城堡，那兒的驚嚇度只有
小童級別，保證老少咸宜呢！

你別小看我，我
發起威來可是非
同小可的啊！

你誇口的本領倒是不錯，絕
對是當小説家的人才啊！

3

主題公園門外

小朋友，送你
一顆糖果啊！

不必了，我們在公園裏
已經拿了不少，謝謝！

今天是萬聖節，
多拿一點糖果
也沒什麼嘛！

我們不能貪小
便宜，萬一遇
上壞人便凶多
吉少了！

豬豬就是愛
小題大做！

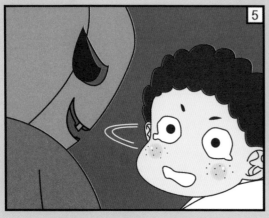

5

膽小鬼！

小

字義 指在體積、面積、數量、力量、強度、年紀等方面不及一般或不及比較的對象；短時間的；排行最末的；用以謙稱自己或與自己有關的人物。

組詞 小孩、小腦、小輩、小弟、小店、小題大做

例句 這個問題很容易解決的，不要小題大做了。

少

字義 數量小；缺乏；暫時；年紀輕。

組詞 稀少、少見、缺少、減少、少女

例句 中國有五十六個少數民族，有些擁有自己的民族自治區。

細說正字

「小」、「少」這兩個字的字形、字義都相近，所以人們常常會用錯。「小」通常與「大」相對，「少」是與「多」相對，由此看來前者偏重於外觀，後者偏重於數量。

「少見多怪」不能寫成「小見多怪」，因為這是指對於從來沒見過或是很少見到的事物、景象感到詫異，應該用「少」來表示次數，而不是「小」。這是基本的區別方法，但是每個字也有一些其他的意思，如「小兒」是謙稱自己的兒子，而「少兒」是泛指少年兒童，不能弄混。「少數」和「小數」的意思也不同，前者與「多數」相對，後者是一數學概念。

做、作

教室裏

哎呀，袋子破了！

先用它把肥料包裹好，動作要慢一點，別打翻了！

合作愉快！

曬了一整天太陽，生菜苗和番茄苗好像也突然長高了呢！

你們這是心理作用罷了！

怪不得農夫每天辛勤耕作仍能樂在其中了！

見到自己種的農作物茁壯成長，感覺很奇妙啊！

操場旁邊的農地

那當然，誰像你這樣貪吃懶做？

哼，我每天都有做功課的！

這算什麼？能做好才是關鍵啊！別的不說，我作的文章，幾乎每篇都是被老師誇獎的佳作啊！

咦，這不正是你的大作嗎？

這篇作文我明明放在桌上的，怎麼會在這兒？這是誰做的好事？

對不起，我剛才一時情急，把它當作廢紙了！

豈有此理，你把文章還給我！

* 想知道更多關於本故事內容，可看《鬥嘴一班 7 綠色小天使》。

做

字義 製造;從事某種工作或活動;充當、擔任;結成一種關係;假裝出某種模樣。

組詞 做工、做官、做衣服、做生意、做朋友、做鬼臉

例句 主席生病了,今天會議由王先生主持。

作

字義
1. 作為動詞,意思是奮起、裝扮、成為,或指從事某種活動。
2. 作為名詞時,指作出的成果。

組詞 振作、工作、作廢、作品、佳作、一鼓作氣、裝模作樣

例句 他是一位作家,他的不少佳作都得過獎。

細說正字

　　「做」和「作」兩字的字義非常接近,有時也能通用,所以人們往往用錯。一般來說,「做」字比較通俗,常用於以手製造具體的物件,例如用紙和竹做風箏,用木塊做了張椅子,這裏就不能用「作」。而「作」字比較抽象和書面化,而且「作」還能當名詞用,這是「做」所不能的,所以「作品、傑作」千萬不能寫成「做品、傑做」。但是在具有「成為、充當」的意思時,兩字有時也可通用,「做父母的」與「作父母的」是一樣的。

　　一些成語中所用的都是「作」,如「作繭自縛、自作自受、日出而作」等等,雖然其中的「作」就是「做」的意思,但因為是自古傳下的名句,不能用「做」字代替。

定、訂

書展會場 **1**

兒童雜誌

每本六十元，不算貴啊！

這是一本兒童文學月刊，訂閱價只需每本六十元啊！

好吧，就買來看看吧！

太好了，我可以定期有雜誌看了！

3

原來出版社還推出了另一本新雜誌，好像也很吸引呢！

只能二擇其一，你自己決定吧！

怎麼辦？我拿不定主意啊！

你再舉棋不定的話，媽媽便只好替你決定了！

媽媽……

5

不如我們先各買一本，回家看過後再決定是否訂閱，但你得跟我約定，一定要仔細閱讀啊！

一言為定！

小朋友，錢不夠啊！

為什麼不夠？每本雜誌售六十元，買兩本不就是一百二十元嗎？

雜誌每本定價是八十元，你得連續訂閱一年，才可以享有每本訂閱價六十元的優惠啊！

定

字義
1. 作為形容詞時，意為平靜、穩妥；不能改變的；規劃好的。
2. 作為副詞時，有明確、確要的意思。
3. 作為動詞時，解作使固定、確立。

組詞 安定、定局、定期、一定、肯定、確定、商定

例句
1. 如果經濟要持續發展，必須有一個安定的社會環境。
2. 你這麼努力，一定會成功。
3. 我們已經商定了開大會的日期。

訂

字義 經過研究或商議而立下一些計劃文件等；預先約定；改正文字錯誤；把紙張裝連在一起。

組詞 訂婚、訂房、訂報、訂正、裝訂、訂合同

例句 出外旅行之前，一定要把機票和旅館房間訂好。

細說正字

　　「定」、「訂」兩字在某些方面意思相同，所以往往在使用時容易混淆。「定」在作為動詞時，很多場合下可以與「訂」通用，例如「定戶、定金」也可寫作「訂戶、訂金」，在這裏意思完全是一樣的。

　　不過，仔細分辨的話，這兩字還是有一些差異，譬如說旅行之前我們在網上找了很多旅館的資料，商議後決定了要住其中一家，這只是在心中「定」了一家旅館，要等到你聯絡了這家旅館，付了錢，才能算是「訂」好了住宿地。這就表明「訂」是更為正式，是決定後進一步採取的落實行動，而「定」通常是經過商量後決定、約定了一些事。

　　「訂正、裝訂」中的「訂」不能用「定」代替，作為形容詞和副詞的「定」也不能寫成「訂」，這是要注意的。

須、需

1

颱風吹襲時

颱風雖然已遠離，但水電供應未恢復，洪水也未退，我們應該如何補充急需的糧食和食水？

3

志明，你無須太憂慮，消防員和警察都十分專業，一切很快會恢復正常！

沒錯，我們遇到事情時，必須保持鎮定，這樣才能作出正確的判斷。

隔天，超級市場裏

為免再次出現缺糧情況，我們必須時刻作好準備！

對，我們可準備一些生活的必需品，以防不時之需。

5

Chocolate

這些都不是必需品啊！

須

字義 必要、務必。

組詞 必須、須知

例句 進考場之前，一定要把《考試須知》仔細看一遍。

需

字義 用得到的、必備的、應該有的。

組詞 需要、需求、必需品

例句 領導人物應該深入羣眾，去了解他們需要些什麼。

細說正字

很多人也常常弄不清「須」和「需」這兩個字的區別，因為這兩字的讀音一樣，字義也非常相近。很多人亂用「必須」和「必需」，以為兩者通用，其實是很不同的。請看這句話：「我們必須知道去露營要帶些什麼必需品。」在句子中「必須」起着副詞的作用，強調一定要知道；而「必需品」中的「必需」是形容詞，形容去露營時需要用的東西。假如對換成「我們必需知道去露營要帶些什麼必須品。」就大錯特錯了。

另外，「須臾」一詞表示極短的時間，是一書面詞，我們平時少用，這是「須」的一個特殊用法，「須臾之間、須臾不離」其中的「須」就更不能錯寫為「需」了。

形、型

時裝店裏

1

不過是初賽而已，其實我穿校服也可以了！

不行，這是一年一度的大型英語話劇，絕對不能馬虎！

這條裙子不錯，那款式設計，正正就是典型的白雪公主形象啊！

3

以珠珠的身形，應該穿鬆身的衣服比較適合吧？

不如我們替她梳一個特別的髮型吧！

珠珠的對手可是校花張佩兒，

跟她比外形難免相形見絀，我們必須出奇制勝！

隔天

5

如何才能出奇制勝呢？

噔噔噔，這就是白雪公主的新造型了！

你們這是要上演《白雪公主變形記》嗎？

* 想知道更多關於本故事內容，可看《鬥嘴一班 11 最佳女主角》。

形

字義 1. 作為名詞時，解作物體的外部模樣；實體；狀況。
2. 作為動詞時，意思是顯露、表現；對照、比較。

組詞 形狀、形式、圓形、有形、地形、形成、形影不離、喜形於色、相形見絀

例句 1. 這個風箏的形狀很可愛，好像一隻展翅飛翔的雄鷹。
2. 姐姐心中藏不住事，一有什麼高興的事就喜形於色，臉上喜氣洋洋的。

型

字義 物件的性能、形狀、大小和規格等不同屬性所形成的模式和分類。

組詞 血型、髮型、臉型、模型、型號、類型

例句 你的臉型比較適合短髮，這樣看起來更精神了。

 細說正字

「形」、「型」是常常被人混淆的兩個同音、近形、近義字。往往有人把「形式」寫成「型式」，「模型」寫作「模形」，「形」、「型」不分。

「形」是指物件的實體、外觀的樣子，成語「形影不離、形單影隻」中就可見到「形」是指與「影」相對的實體。而「型」用於有一定規格、成型、可分類的東西，簡單地說，「型」用於專門的、已成模式的東西，「形」用於一般的、未成模式的東西。知道了這個道理，就不要再犯上面的錯誤了，相信你不會把「血型」寫成「血形」吧。

氣、汽

秋季旅行，在校車上

今天天朗氣清，真是郊遊的好日子啊！

對呀，在這種秋高氣爽的天氣郊遊，心情也特別開朗呢！

1

車子怎麼忽然停了？該不會沒有汽油了吧？

前面有兩輛汽車停在馬路中央呢！

3

氣氛不尋常啊，那兩輛車的車主看來要大打出手呢！

他們的脾氣真暴躁，有什麼事不能平心靜氣地解決呢？

我們運氣太差了，被他們這麼一鬧，必定會遲到了！

同學們，不如我們趁此空檔來玩個遊戲吧！

誰能一氣呵成地說出十個成語，我便送他一瓶汽水。

5

我們的運氣其實不錯，不但沒遲到，還額外多了一瓶汽水呢！

怎麼就只有我沒有啊！

別生氣，我請你喝一口吧！

汽水不健康，我替你把它喝掉，夠義氣吧？嘿嘿

你真不客氣，誰讓你一口氣喝光啊？

x

氣

字義 1. 作為名詞時，指物質三種形態（固、液、氣）中的一種，也特指空氣；味道；人的精神狀態；行為作風；中醫指人體內能使各器官正常運作的原動力。

2. 作為動詞時，解作發怒，以及使人發怒。

組詞 氣體、氣壓、臭氣、勇氣、元氣、生氣、脾氣

例句 1. 用打氣筒把空氣打進輪胎，單車就可以用了。

2. 不聽話的孩子使媽媽很生氣。

汽

字義 液體或某些固體受熱變成的氣體，也特指水蒸氣。

組詞 汽水、汽燈、汽笛

例句 你不要喝那麼多汽水，多喝水才是有益健康的。

 細說正字

「氣」、「汽」兩字因為都是指成為氣體的物質，所以常常被混淆，最常見的是人們總是弄不明白，孩子們喜歡拿在手中的是「氣球」還是「汽球」？很多人寫作「汽球」，其實是錯的。因為那些色彩繽紛的球狀物中注入的是空氣，而不是水或其他固體加熱蒸發出來的氣體。

「汽」的用法很有限，我們日常見到的只有「汽船、汽車、汽油、汽輪機」等一些比較專業的工業用詞；而「氣」的使用範圍就廣泛多了，除了本意是物理名詞氣體之外，還延伸到人體中的氣、聞到的氣味，甚至用來形容人的精神面貌呢！

獲、穫

年宵慈善賣物會後一個月

大家本來已經在慈善義賣中獲勝，但為了我爸爸，你們甘願放棄獲獎的機會，

令爸爸能及時獲得適當的治療，實在太感謝大家了！

客氣什麼？能夠幫助別人才是我們大的收穫！

不過，如果你想報答我們，我也不反對啊！

好，你想我做什麼？

當然是幫我們做功課啦！

我當然很樂意幫助大家，不過所謂「一分耕耘，一分收穫」，你們是無法不勞而獲的。功課是我做的，那麼獲益的人自然是我。到了測驗考試，你們的成績必定比不上我，這樣好像反倒是你們幫了我啊！

這可不行

所以，為免你們一無所獲，我甘願把我未完成的功課交給你們，這樣你們便能真正獲益了。

好呀，就這麼定了！

怎麼我總覺得哪兒不對勁呢？

你居然敢戲弄我！

* 想知道更多關於本故事內容，可看《鬥嘴一班 15 理財實習生》。

獲

字義 捉住、得到、收割。

組詞 捕獲、獲得、獲獎、不勞而獲

例句 他創作的歌曲這次又獲獎了，真為他高興！

穫

字義 原意為收割到的成熟農作物，引申為一切工作的成果。

組詞 收穫、漁穫、獵穫

例句 農民們春天播種，辛勞耕耘，秋天就有豐盛的收穫。

細說正字

　　「獲」和「穫」兩字的讀音相同，字形、字義相近，而且在簡體字中兩字是一樣的，所以常常被混淆。兩者的區別在於代表了不同字義的部首：「獲」字的部首是「犬」，意思是與動物有關，原意為捕獵動物，是一動詞；「穫」的部首是「禾」，原意為收割到的成熟莊稼，是一名詞，所以詞性不同是它們最重要的區別。

　　「收獲」和「收穫」兩個詞組都存在，但用法不同。例如，參加了座談會，學習到不少知識，你可以說「我的收穫很大」或是「我收穫了不少」，但是「獲得」不能寫成「穫得」，「漁穫」不能寫為「漁獲」。

胡真

彩、采

1

中秋節晚上

嘩，有很多色彩繽紛的花燈啊！

心心你看，那排以彩帶串連起來的紅燈籠下面吊着燈謎呢！我們快去猜猜看！

3

抽獎

中彩了，而且還是頭獎，真是幸運啊！

5

舞台那邊有很多喝彩聲啊，好像有什麼精彩表演啊！

你受傷了啊！

只怪自己太興高采烈地看表演，沒注意四周的情況，結果這次真的中彩了！

* 想知道更多關於本故事內容，可看《鬥嘴一班 12 鄰里大聯盟》。

彩

字義 顏色或形容多種顏色的;讚賞時的歡呼聲;花樣;負傷流血;賭博或遊戲中給得勝者的獎賞。

組詞 五彩、喝彩、掛彩、中彩、豐富多彩

例句 台上的舞蹈員揮動着彩色的絲帶,非常優美。

采

字義 精神、神色。

組詞 神采、興高采烈

例句 你看他考上了最有名的大學,神采飛揚,高興極了。

  細說正字

　　「彩」、「采」兩字的字形和讀音相同,看似字義相近,所以常被人用錯,其實它們的字義是很不同的。「彩」主要指我們的視覺器官能感受到的各種顏色,「彩色」與「黑白」相對,「喝彩、掛彩、中彩」等是引申出來的用法,不能寫成「喝采、掛采、中采」,為什麼呢?因為「采」只是指人們臉上的神色,表現了人的精神狀態和心態,例如成語「神采奕奕、神采飛揚」形容人精神振奮、容光煥發的樣子,這裏是不能用「彩」字替代的。

　　不過,在「剪彩、彩排」這些詞語中,「彩」與「綵」字通用,也可寫為「剪綵、綵排」。

省、醒

校長室裏 `1`

羅校長，對不起！我一直以為那個騙子是好人，直到他要求我們為他購買遊戲卡，我才如夢初醒呢！

幸好徐老師及時提醒，我們才有所醒覺，否則後果不堪設想！

你們還知道危險啊！

只要你們能反省，以後別再沉迷網上遊戲便好。

周會時 `3`

踢足球、踏單車、放風箏等戶外活動，不但可以和朋友相聚，又能親親大自然，不是遠比網上遊戲好玩得多嗎？

警察叔叔的話真是發人深省，我們的確應該多到戶外走動，親親大自然！

`5`

哎喲，真是一言驚醒夢中人！前陣子不是流行一款要往外跑的捉精靈遊戲嗎？

我們一起去捉精靈，不就可以親親大自然嗎？

他真是沒救了！

* 想知道更多關於本故事內容，可看《鬥嘴一班 13 驚險網上遊》。

省

字義 1. 作為名詞時，解作一種行政區單位。
2. 作為動詞時，指節儉、減去，另有檢查自己的思想行為、
醒悟或探望的意思。

組詞 省份、節省、反省、省略、省親

例句 這個錯誤太嚴重了，你要好好反省一下，找出犯錯的原因。

醒

字義 睡眠結束的狀態；酒醉、麻醉或昏迷後恢復神志；覺悟、
明白；明顯、清楚的。

組詞 驚醒、清醒、醒覺、醒悟、醒目

例句 他上課時不專心聽講，老師要他回答問題，他才如夢初醒，
回過神來。

細說正字

　　作為名詞的「省」，大家都不易用錯，沒有人會把「廣
東省」寫成「廣東醒」吧？同樣，當「醒」作為「睡」的
反義詞，解作睡眠結束的狀態時，也沒人會寫成「睡省」
的。但是當「省」和「醒」都帶有覺悟、明白的意思時，
麻煩就來了，常常會被人弄混。人們以為「省」和「醒」
兩字可互相替代，有人把「反省」寫作「反醒」。「反省」
的領悟是經過深刻的反思，檢討自己的思想行為的結果，
因此不應寫成「反醒」。

　　另外，探望長輩的「省親」就更不能寫成「醒親」了，
否則意思就會完全不同。

一 把左右兩行中可以組成正確詞語的字，用線連起來。

擁 ●　　　　　　　　　　● 帶

裝 ●　　　　　　　　　　● 小

色 ●　　　　　　　　　　● 彩

多 ●　　　　　　　　　　● 求

攜 ●　　　　　　　　　　● 少

大 ●　　　　　　　　　　● 戴

需 ●　　　　　　　　　　● 定

須 ●　　　　　　　　　　● 訂

穩 ●　　　　　　　　　　● 知

神 ●　　　　　　　　　　● 采

二 選出適當的字組成詞語，在橫線填上答案。

| 醒 | 訂 | 獲 | 氣 | 做 | 定 |
| 采 | 穫 | 汽 | 彩 | 作 | 省 |

1. 興高 ＿＿＿＿ 烈

2. 如 ＿＿＿＿ 至寶

3. 一鼓作 ＿＿＿＿

4. ＿＿＿＿ 時炸彈

5. 自我反 ＿＿＿＿

6. 自 ＿＿＿＿ 自受

三 下面的句子中各有三個錯別字，把它圈出來，在括號內寫上正確的字。

1. 這種形號的機器正是我們須要的，我們經過商議後已經決訂要購買了。
   （　　）（　　）（　　）

2. 他用很多采色的汽球扭出各種型狀的小動物，有趣極了。
   （　　）（　　）（　　）

3. 他戴來了一頂新絨帽給大家看，一帶到頭上，頓時神彩奕奕，精神極了。
   （　　）（　　）（　　）

4. 這些陶瓷都是王師傅工做坊的產品，你小見
   多怪了，想購買必需事先訂貨。
   (　　　) (　　　) (　　　)

四 請用下列詞語造句。

1. 收穫

_____

_____

2. 必須

_____

_____

3. 醒悟

_____

_____

4. 神采

_____

_____

一 字形相近的錯別字

一、

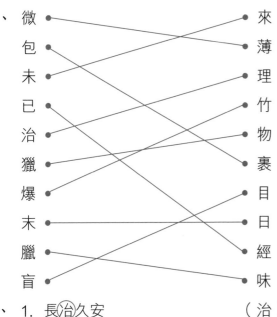

微 —— 薄
包 —— 日
未 —— 味
已 —— 經
治 —— 理
獵 —— 物
爆 —— 竹
末 —— 來
臘 —— 裏
盲 —— 目

二、
1. 長（治）久安 （治）
2. （肓）人摸象 （盲）
3. 無動於（哀） （衷）
4. 如火如（茶） （荼）
5. 火山（曝）發 （爆）
6. （裹）足不前 （裹）

三、
1. 裏　　　　　　2. 治
3. 已　　　　　　4. 簿　薄

四、
1.

	由	
在	自	治
	已	

2.

	色	
人	盲	文
	筆	

3.

	雨		
發	爆	炸	
	裂		

二 讀音相近的錯別字

一、 1. 乾   2. 乾

3. 干   4. 乾

5. 乾   6. 干

7. 乾   8. 乾

9. 干   10. 干

11. 乾   12. 干

二、 1. 后   2. 承

3. 後   4. 師

5. 力   6. 導

7. 道

三、 1. 利   2. 渾

3. 刻   4. 公

5. 式   6. 力

四、 1. 這間公司在他的領導下，漸漸轉虧為盈。（參考答案）

2. 頑皮的弟弟把桌上的綠豆和紅豆混合在一起了。

（參考答案）

3. 她刻苦地練習，最終成為一位出色的舞蹈員。

（參考答案）

4. 成功不是一朝一夕就能達到的，背後需要付出很多努力。

（參考答案）

三　形音相近的錯別字

一、

1. 漁　　　　　　　　2. 藉

3. 浪　　　　　　　　4. 斑

5. 魚　　　　　　　　6. 密

7. 籃　　　　　　　　8. 蜜

9. 洽　　　　　　　　10. 候

11. 緩　　　　　　　　12. 侯

13. 班　　　　　　　　14. 藍

15. 籍　　　　　　　　16. 恰

二、

1. 恰　分　　　　　　2. 班　斑

3. 籍　籍　　　　　　4. 慢　慢

三、

1. ⊚魚人得利　　　　（漁）

2. ⊚斑門弄斧　　　　（班）

3. ⊚份秒必爭　　　　（分）

4. ⊚漁米之鄉　　　　（魚）

5. 碧海⊚藍天　　　　（藍）

6. ⊚漫條斯理　　　　（慢）

7. ⊚曆經滄桑　　　　（歷）

8. ⊚洽到好處　　　　（恰）

四、

一、

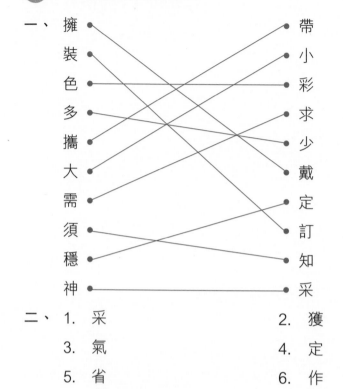

擁 — 帶
裝 — 小
色 — 彩
多 — 求
攜 — 少
大 — 戴
需 — 定
須 — 訂
穩 — 知
神 — 采

二、
1. 采　　　　　　2. 獲
3. 氣　　　　　　4. 定
5. 省　　　　　　6. 作

三、
1. 這種形號的機器正是我們須要的，我們經過商議後已經決訂要購買了。（ 型 ）（ 需 ）（ 定 ）

2. 他用很多采色的汽球扭出各種型狀的小動物，有趣極了。（ 彩 ）（ 氣 ）（ 形 ）

3. 他戴來了一頂新絨帽給大家看，一帶到頭上，頓時神彩奕奕，精神極了。（ 帶 ）（ 戴 ）（ 采 ）

4. 這些陶瓷都是王師傅工做坊的產品，你小見多怪了，想購買必需事先訂貨。（ 作 ）（ 少 ）（ 須 ）

四、
1. 今天，陳伯伯到海邊釣魚，收穫非常豐富呢！（參考答案）
2. 吃飯前，必須先徹底清潔雙手，預防傳染病。（參考答案）
3. 經過這件事後，小明醒悟了，決定不再說謊。（參考答案）
4. 他放了一個長假期後，心情很好，看起來神采奕奕。（參考答案）

鬥嘴一班 學習系列

- 每冊包含《鬥嘴一班》系列作者卓瑩為不同學習內容量身創作的 全新漫畫故事，從趣味中引起讀者學習不同科目的興趣。
- 學習內容由 不同範疇的專家和教師 撰寫，給讀者詳盡又扎實的學科知識。

本系列圖書

英文科
漫畫故事創作：卓瑩
學科知識編寫：Aman Chiu

精心設計 36 個英文填字游戲，依照生活篇、社區篇、知識篇三類主題分類，系統地引導學習，幫助讀者輕鬆掌握英文詞語。

中文科
漫畫故事創作：卓瑩
學科知識編寫：宋詒瑞

成語　　　錯別字

兩冊分別介紹成語的解釋、典故、近義和反義成語；以及常見錯別字的辨別方法、字義、組詞和例句，並提供相應練習，讓讀者邊學邊鞏固知識！

常識科
漫畫故事創作：卓瑩
學科知識編寫：新雅編輯室

透過討論各種常識議題，啟發讀者思考「健康生活、科學與科技、人與環境、中外文化及關心社會」5 大常識範疇的內容。

數學科
漫畫故事創作：卓瑩
學科知識編寫：程志祥

精心設計 90 道訓練數字邏輯、圖形與空間的數學謎題，幫助讀者開發左腦的運算能力和發揮右腦的創造潛能。

各大書店有售！　　定價：$78 / 冊

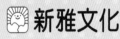

鬥嘴一班學習系列

鬥嘴一班辨錯別字

作　　者：卓瑩　宋詒瑞

繪　　圖：Spacey Ho　蔡耀明

責任編輯：葉楚溶

設計製作：陳雅琳

出　　版：新雅文化事業有限公司

　　　　　香港英皇道 499 號北角工業大廈 18 樓

　　　　　電話：(852) 2138 7998

　　　　　傳真：(852) 2597 4003

　　　　　網址：http://www.sunya.com.hk

　　　　　電郵：marketing@sunya.com.hk

發　　行：香港聯合書刊物流有限公司

　　　　　香港荃灣德士古道 220-248 號荃灣工業中心 16 樓

　　　　　電話：(852) 2150 2100

　　　　　傳真：(852) 2407 3062

　　　　　電郵：info@suplogistics.com.hk

印　　刷：中華商務彩色印刷有限公司

　　　　　香港新界大埔汀麗路 36 號

版　　次：二〇一九年一月初版

　　　　　二〇二二年十月第四次印刷

ISBN: 978-962-08-7208-2

©2019 Sun Ya Publications (HK) Ltd.

18/F, North Point Industrial Building, 499 King's Road, Hong Kong

Published in Hong Kong SAR, China

Printed in China